塩江物語　第二話

生きる

冬子のなみだ

目次

発刊に寄せて

高松・塩江ふるさと会会長〔高松市観光大使〕
池田　克彦

ふるさと塩江のために、第一話の別子八郎伝「大蛇」に続いて、第二話「生きる」を筆者である島上さんが地元の人等からの取材を元に上梓した。

会長に巻頭文を書いてほしいと要請があった。快諾し原稿を拝見した。よく出来ている。が小生が巻頭文を書くのかと逡巡した。戦後十年・二十年〔昭和二十年〜三十年〕時代の家族愛と中心人物の少年が希望を持って生きるストリーである。

この当時、日本は敗戦で外地からの多数の引揚者と産業・生産が破壊され食料もなく、塩江も例外でなく総面積八十平方キロメートルのうち耕地面積〔水田一・八平方キロメートル・ほとんどの香東川周辺のみ〕がほんの僅かで、そこに人口約一万人〔昭和二十二年〕が住み、山の急斜面に点々と張り付く家屋、山ばかりで当然食わせる田畑は足りない。そのような中、自給できず人々は生きるか死ぬかの生活を強いられたと思う。こんな流れがある時期、小生は昭和三十六年度安原中学〔現塩江中学〕を卒業して県外〔神奈川県〕に出た。こんな貧乏な地に帰りたくない気持ちだった。

島上さんの第二話は、自分の貧乏と苦しいイメージが重なってしまい読んでいるうち、つい不覚にも落涙してしまった。そんなことから書くのを逡巡した。しかし、今の塩江は、人口も減り過疎となったが自然豊かでゆっくりとした生活ができる安心・安全な町に生まれ変わった。小中時代の友人と話ができ、好意を感じた女性とも再会した。

今は、ふるさと会のご支援を地元塩江町有志から頂き、感謝している関係からも、少しでも町おこしのお手伝いになればと、島上さんの「生きる」書に添えさせて頂くことを幸甚に思っている。

冬子のなみだ

一

お盆が過ぎ、夏の終わりを告げるひぐらしのすだきにも秋波がしのびよってくるが、剛《たけし》の暮らす西日の差すアパートに神戸港から吹く浜風は蒸し暑く、まだ夏の残滓が色濃く残っていた。

剛は、横たわって肘枕し、壁棚の上に置かれ白布に包まれている骨壺を朝から凝視し、その骨壺に無言で語りかけた。骨壺のなかは妹、冬子の遺骨が入っているが、葬式後も手元に置き埋葬はしていなかった。

〔冬子〕

と剛は、独りつぶやき骨壺に語りかけるのが、一日の始まりだった。語りかけることにより、独り身の生活にも妙に寂しさはなかった。剛の父も母の骨壺を壁棚に置き、寝転んで骨壺を見ていた。

剛はいつしか父親と同じような行動をしていることに軽い衝動を受けたが、父もそうすることで孤独をまぎらわせたのだろうと思った。どうしようもない父親だった。世間に背を向るように、いつも酔っ払い昼間から居間で寝転び、ぶつぶつ独り言をいっていた。今なら父親の気持ちが分かるような気がした。小心な父は酒を呑むことで気を紛らわそうと巷《ちまた》から逃避し、その胸に秘めた塞閉な孤独を母の遺骨に語りかけていたのだろう。そう思うとやるせない気持ちが高揚したが、慌ててそれらのいじましい過去を打ち消そうと、おもむろに団扇で顔を扇ぎながら静かに眼を閉じた。

・・・

「おーい剛《たけ》ちゃん、冬《ふ》ちゃんが大変じゃ」

開け放しの玄関土間から、息せき切って隣のセイ婆やんが駆け込んできた。剛の傍《かたわ》らで寝ていたはずの冬子がいない。

「冬子、冬子」

と声をかけ部屋を見回した。するとセイ婆やんは、

「冬ちゃんは、家内渕で発破《はっぱ》〔ダイナマイト〕に当たって大怪我している。文男が病院につれていっている。はよ塩江病院にいき」

といった。

剛は、胸騒ぎをしながら急いで病院に駆けつけると、冬子は気を失い病院のベッドに寝かされ左手下腕部を包帯で巻かれている。治療に当たった医師によれば、左手の甲部に発破の爆風岩が当たり、複雑骨折したとのことである。


「剛、私《うち》、洗濯にいくけん冬子をちゃんと見なあかんよ」

そういって、照子姉《ねえ》は村の共同洗濯場に出掛けていった。

「ウン」

と剛は寝床からあいまいに返事する。そのとき冬子も傍らで眠っていた。遠くで雷鳴のような内場《ないば》ダム建設の発破の音が、かすかに鳴っていたことをおぼろげながら覚えている。剛の寝ているときに、冬子は発破の音で目覚め、その音につられて香東川の家内渕に歩いていったのだろう。ふらふらと歩いている冬子をセイ婆やんが見つけ、

「おーい冬《ふ》ちゃん、発破で危ないけん、川の方にいったらいかんよ」

というと、冬子は、

「母ちゃんのとこいくけん」

といって、家内渕の方に向かってトコトコと走り出したそうだ。

セイ婆やんは、冬子を止めようと必死に走ったが追いつかず、家内渕にきたところで発破で飛ばされた岩石が冬子に直撃したのだった。

家内渕は、母が投身自殺した場所だった。母が山賀商店に買い物に行ってくる。そう言い残したまま行方不明となった。その半月後に、母の死体が家内渕に浮かんだ。家内渕の崖《がけ》の上に揃えらた草履があったことから覚悟の自殺とされた。家族が駆けつけたとき、母の遺体は戸板に載せられ、その遺体の上に筵《むしろ》がかぶされ周囲に腐敗な異臭を発していた。

照子姉、剛が、母に近づこうとするとセイ婆やんが、

「照ちゃん、剛ちゃん、見ちゃいかんけん」

といって、二人を抱きとめ遮《さえぎ》った。そのとき筵の隙間からセミが脱皮したときのような半透明色の指が垣間見えたことが残像として残っている。

母の死の現実が分からない幼い冬子が、

「父ちゃん、母ちゃんどったん」

と無邪気にいったとき、堪えていた悲しみが重畳から崩れるように慟哭《どうこく》する。その悲しみに追い討ちをかけるように、崖のミンミンゼミがいつまでも鳴いていた。

二

冬子の怪我について父、照子姉《ねえ》も剛を責めることはなかったが、むしろ剛は責めて非難してくれたほうが良かったと思っている。

あの日より冬子の左手甲部は、発破の爆風岩により破壊され、その甲が五指を包み込むように内側に曲がりこみ醜い塊《かたまり》になった。冬子は、発破の痛さはいつしか忘れるが、手の塊は心傷となり、いつか年頃になれば気に病むだろう。剛の遠島な悩みは消えることがなく、その悩みは後年、現実となって現われるが、そのときは知るよしもなかった。

冬子は学校で習い事は大抵こなし、針を使う裁縫は、左手の塊で布を机に押さえ、右手で器用に縫った。しかし、体育の時間は大変なハンディを背負う鉄棒の棒をつかめず、縄跳びもうまく輪《ロープ》を回せない。とくに運動会の日に冬子を見るのは嫌だった。冬子は笑顔で一生懸命に遊戯をしているが、自然と皆の眼が手の塊に注ぎ、その憐《あわ》れんだ姿を見ることはしのびなく、その日は早く運動会が終わることを願った。

あの爆破の日なぜ冬子を保護してやれなかったのか。なぜ冬子が家をでるとき気がつかなかったのか、その責務に苛《さいな》まされ、冬子の手甲の塊を見るたび後悔の念が先だち胸が切り切りと痛んだ。また、この後悔以上に剛は父が許せなかった。

あの日、ダム建設のため発破を使用することの説明会があった。それなのに父は酒を呑み出席しなかった。そればかりか、建設会社からきた賠償金をすべて酒につぎ込み呑んだくれた。賠償金を酒につぎ込まず、冬子の治療費に当てていたら手甲の塊は治っていたかもしれない。

「良治さん、もうこれでお終いにしてくださいよ」

「ウィー分かってますって」

そう言って父は、建設会社から幾ばくかのお金をもらい、もらうといううかせしめた。そしてその金で酒に狂った。

セイ婆やんによると、父は若い頃は真面目でよく働き二十五歳のときに日本統治下の朝鮮半島に渡り、そこで九州出身の母と知り合い結婚したとのことだった。仁川《ジンセン》に小さな雑貨屋を営み、そこで照子、剛は出生する。

冬子は終戦後〔昭和二十年〔一九四五〕八月十五日〕の帰国後に生まれた。一家は、父の生まれ故郷の塩江村に着の身、着のままでやっとの思いで帰りついた。

父は失対《しったい》〔失業対策事業〕の土工として働くものの、一家五人を養う生活苦からは逃れられず、剛が小学一年のとき母が家内渕で投身自殺する。これが一家を襲う悲劇の始まりだった。父が高利貸しの大村より借りたお金が払えず、母が人身御供となり、借金を支払ったことが里にさざ波のように伝播したのだ。人の口に戸を立てられない、口さがない噂を知った母は半狂乱《ノイローゼ》となり香東川の家内渕に身を閉じた。家内渕は、昭和四年〔一九二九〕の世界恐慌で生活苦から一家心中したことから名づけられた渕だった。

母の自殺後、小心な父は、ますます放心状態となり子供の育児を省みなくなり、その頃から父は酒を呑むようになった。敗戦後の世間の動きに乖離《かいり》し、酒を呑むことで現世から逃避し、自分の殻の中に閉じこもってしまった。

三

「なぁ良治さん、これからどうするんじゃ。夏目さんのところに照子ちゃんをもらい子《ご》に出さへんか。良治さんも三人も子育てするの大変じゃろ。夏目さんには子はいんので照子ちゃんをどうしてもと言ってるんや」

村の顔役、河田の爺さんから照子姉の養女の話が伝えられたのは、剛の小学一年生のときだった。

剛と三つ違いの照子姉は性格がよく、そのうえ学校の成績は常に上位を占めた。当時は、成績上位の子が級長をしていた時代だったことから照子姉は級長になり、そしてなによりも愛くるしい容姿を備え、鄙《ひな》にもまれな美少女だった。そんなことから夏目家は養女に欲したのだろう。養子縁組のことで連日、河田の爺さんは家に来たが、その都度、父は断っていた。

父としては母を自殺に追い込んだ自責もあり、子供とは離別したくなかったのだろう。最初、父を組みしやく、すぐ陥落させると考えていた河田の爺さんもおもわぬ父の頑固さに辟易《へきえき》し、最期は恫喝《どうかつ》するのだった。河田の爺さんにすれば、酒呑みの父のもとで三人の子育ては無理と思ったのだろう。

「おい、ええ加減にせえ、照子ちゃんは夏目にいった方が幸せになるんじゃ。こんな貧乏で汚いところでおいとったら駄目じゃ、分かっとるんか。相手は照子ちゃんを養女にすれば短大まで出すといっとるんじゃ」

河田の爺さんに、連日に渡って理不尽な罵声を浴びせられたが、父はかたくなに断り続けた。そんな連綿とした会話がつづいたある晩。

「お断りします。貧しくとも一家四人で生活します」

と父がいった。

小心な父が父親らしく発した言葉を聞くのは初めてだった。その当時は、もう浴びる程、飲酒しアル中であった父が、その日は、はっきりと自分の意思を示したのだった。

「アホなこというな、失対でどうやって暮らすんじゃ」

そういって、さんざん罵声を浴びせ河田の爺さんは、軋《きし》んだ杉戸を足で蹴り思いっきり締め帰っていった。

小心な父だったが、河田の爺さんの恐喝的な恫喝、また強引な説得にも応ぜず、毅然とした態度を取ったことに、姉弟は安堵し喜色したのだった。

翌日、縁組は断りにいってくる。そういって父は夏目の家に出向いたが、その日の深夜に父は、酒ぐさい息を吐きながらべろんべろんとなって帰ってきた。

父を肩に組んで帰ってきた河田の爺さんは、まるで物を放り投げるように父を土間に転がした。そして、

「えんやな照子ちゃんは、先方にいっても」

と捨て台詞を土間に吐いた。

その捨て台詞から、父が照子姉を養女に出したことを察した。昨日の父の決心はなんだったのだろう、父になんの変化があったのだろうか。一家が離れ離れにならないことに安堵したあの喜びは、あの父の決心はいったいなんだったのだろうか、小心な父に河田の爺さんたちは、酒を飲まし無理矢理に承知させたのだろう。

照子姉は、すやすやと眠っている冬子を布団の中で抱きしめながら嗚咽し、洩れでた嗚咽は土壁の襞《ひだ》に沁みこむように埋まっていった。

四

翌朝、照子姉は家を出て夏目家へいった、その日から寂しい日が続いた。

冬子は、

「照子姉《てるこねえ》どこいったん」

そう言って、照子姉を慕いしくしく泣いた。

母の死後は、照子姉が母親代わりとなって炊事、洗濯、家事一般にわたって世話をしていたことから冬子は照子姉を母のように慕った。何もない家に照子姉がいるだけで明るく、その名前のとおり心のなかの一隅を照らしていた。

明るかった性格の照子姉のいない家は、電灯の消えたように寂しく、その精神的な灯が消えた。冬子は照子姉を慕って夜な夜な夜鳴きする。父は育児を放棄し何処に行ったか分からない。そんな日は辛く悲しい、その上、日々のひもじさが重なり、泣きながら冬子を負ぶって夏目家を訪れた。

照子姉は泣いてる冬子をしばらく抱きしめたあと、何がしかのお菓子を食べさせてくれた。お芋だったりあんパンであったり、それらは照子姉のお八つに与えられたものであろう、自分は食べず腹を空かしている幼い弟妹にそれを食べさせた。

夏目の養母は何も言わないが、いつも冷めた眼でみていた。お菓子を食べると、また冬子を負ぶって夜道をとぼとぼと歩き帰路についた。そんなとき決まって冬子が帰りたくないといってぐずった。

「もうっぺん、照子姉のとこいこう。照子姉のとこいこう」

涙がこぼれた。自分だって窓のない暗い家には帰りたくない。夜道で泣く冬子。冬子泣かないでおくれ、泣かないでおくれ、負ぶっている冬子がぐずるたび涙が出て止まらい。そんなとき、遠くへ逝った母を思い出し、夜空の星を見て母ちゃんといって泣いた。

五

不思議なことに家を出た照子姉は、日々綺麗《きれい》になっていった。

最初の頃は校庭で照子姉を見つけると、剛は照子姉のところに駆け寄り家での出来事を話したりしていたが、照子姉は日々を重ねるうちに剛を避けるようになり、家に来ることも段々と疎遠となって、そしていつしか家にも寄り付かなくなった。時折、来たときもあたかも用があるような態度をとり、玄関の杉戸から家の中をチラッと覗《のぞ》き込むだけで、そそくさと帰っていった。そのとき照子姉を目敏く見つけた冬子が泣きながら、照子姉の後を追っても目もくれなかった。

ある日、照子姉に校庭で話しかけようとしたら眼を外され、それから照子姉は海の潮を引くように遠のいて行った。あんなに優しかった照子姉は夏目の娘《こ》になったんだ畜生、アホ。寂しく、腹立たしく照子姉は、自分たちを置いて逃げていった裏切り者と思った。

照子姉が幸せになればなるほど羨《うらや》ましかった。そんな羨ましい場面に遭遇したことがあった照子姉が校庭で女友達と談笑している姿を見たときだった。輝くような笑顔を見ているうちに照子姉は幸せになった。これでよかったんだ。呑んだくれの父のいる寂しい家でいるより、よかったと心から思った。何よりも照子姉の幸福を願った。しかし、その反面取り残された自分達がとても惨めだった。それから校庭で照子姉とあっても素知らぬ顔をし、冬子がどんなに照子姉を慕い泣いても夏目家にいくことはしなかった。

六

「おい剛、お前《まえ》んとこの姉《ねえ》やんが、今日大阪に変わっていくんじゃろ、十二時十分のバスで行くって俺《おら》の母ちゃんゆうてたぞ」

昼休みの時間中、組《くみ》（クラス）の隆から唐突にそう告げられた。

呆然とする剛に組の皆も、早く塩江のバス停にいけと心配している。

照子姉が転校することは、どうやら組のものは大半知っているようだった。

突然のことで頭が空白状態となり、その場に立ちすくんだ。

教室の柱時計を見ると後五分しかない。組のものに早くはやく、早くいけと催促されたが、あまりの動揺《ショック》から足がすくみ動けない。組の皆からドーンと肩を叩かれ我に返り、脱兎のごとく塩江のバス停に駆けつけたが、非情にもバスは出発したあとだった。

バス停には打ち捨てられた鼻紙が、あざ笑うかのように風に舞っていた。父に理由《わけ》を聞こうと走って家に向かった。家に帰ると酔いくたびれて寝転んでいる父の傍らで、無邪気に冬子がままごと遊びに嵩《こう》じていた。剛はおもわず、

「父ちゃん照子姉《ねえ》、大阪にいったんか。なんでゆうてくれなかったんや、なんでゆうてくれなかったんや」

といい、

「父ちゃんのアホ、アホ」

泣きじゃくりながら父の背中をおもいっきりドンドンと叩いた。

驚いた冬子が、

「兄《あん》ちゃんどったん。父ちゃん叩いたらいかんけん、いかんけん」

あかぎれで爛《ただ》れた小さな手で剛にしがみつき制止する。

そのとき父の背中、肩が小刻みに震えている、父も泣いているんだ。たまらず、

「冬子」

というなり剛は冬子を抱き、家の裏山に走った。裏山には母が好きだった藪《やぶ》椿の木があり、その木のしたで幼い兄妹は泣きつづけた。

照子姉が大阪にいった後は、母が逝《い》なくなったときより寂しかった。

寂しさを増すように山あいに建っている借家は、出入り口の杉戸を開ければ、土間のなかに申し訳程度の板戸で囲われた六畳一間があるのみで、開口部の窓はなく夏は暑く冬は薄暗い家だった。

冬の冬至《とうじ》ともなると、杉戸をしめると昼間でも真っ暗だった。その上に日々一家にのしかかる深刻な食糧不足の苦しみが、その陰鬱《いんうつ》な家の構造に交差《クロス》され、さらに寂しい気持ちに陥《おちい》っていった。

剛は照子姉とは学校で疎遠となっていたが、照子姉は留守のときを見はからって黙って食料おいてくれていた。照子姉は、養家から内緒で食料を持ってきて来ることは大変気を使っただろう。

照子姉の優しい気持ちを思うと、すまない気持ちで一杯だった。そのとき照子姉は、まだ自分達を見捨てていないと感謝したのだった。しかし実際に照子姉がいなくなると、日常の生活は急変し、米・麦はおろか、塩にも事欠《ことか》くことになっていった。

日雇いの父は、お金を持つとすぐ酒代につぎ込み、家に帰るときはいつも午前様だった。父からもらうお金は申し訳、程度しかなく二、三日食べればすぐ米・麦は底をつき、ふかすさつま芋もないときは、水を飲み空腹を満たそうとした。しかし空《す》きっ腹に水では腹は膨らまず、腹を空かせた冬子はぐずって泣きつづけた。

冬子がひもじさから深夜になってもどうしても泣き止まないときは、夜泣きする冬子を抱いて、人の善《よ》いセイ婆やんのところにいった。セイ婆やんは、残り物の麦飯のうえに味噌汁をかけ食べさせてくれた。腹さえおきれば眠ることができた。剛は食べるときには少し遠慮をしたが、幼い冬子は飢餓児童のように蛾《が》ッ蛾ッたべた。

ありがたいことに剛には平日、塩江小学校の近くに華屋という旅館があり、カッオ、煮干の出がらしを筵《むしろ》の上に干しているのをくすねて食べていた。

従業員用の味噌汁の出汁に使うものであったが、板前・仲居さんも剛の父子家庭の事情を知り黙っていてくれたのだろう。剛は昼間に出がらしが食べられるが、冬子はその間なにも食べていない。普通一般では日曜日は嬉しいと思うが、剛にとっては出がらしが食べられない日曜日は疎ましい日であった。そんな憂鬱《ゆううつ》な日曜日には、お腹をすかせた冬子がいつもぐずって泣いた。

日曜日もセイ婆やんのところにいこうとおもったが、日曜日は家人も多く、その冷めた眼にさらされることに躊躇《ちゅうちょ》しいくことをためらった。

平日の食べられない日は、いつもセイ婆やんのところに駆け込んでいたが、いつしか家人の厄介者《やっかいもの》をみるような冷めた眼を気にするようになった。冷めた目が怖かった。

その眼は養女としてもらわれていった照子姉の養母、夏目の養母の眼のようだった。家人はセイ婆やんが実権をにぎっているのでなにも言わないが、冷たい眼を意識してだんだんと足が遠のいていった。

「剛ちゃん、近頃ご飯食べにこんけど、どしたん」

と、セイ婆やんに声をかけられたときは嬉しかった。そのときは、家人の眼を気にしながらも食べにいった。

腹が減るこの生理現象はどうしょうもなく、大阪の港区から戦時中疎開《そかい》に来ていた市岡高女を卒業した才媛《さいえん》が村の田圃持ちの青年と結婚した。その才媛は、

「学歴、職歴関係ないねん男は食べさせてくれる男が一番やねん」

といっていた。

剛は少年心にも本当にそのとおりだと思った、その才媛も食べるのに苦労したのだろう。

「食べるのに苦労する」

この苦労ほど辛く悲しいものはない、人間も動物も同じく生きとし生ける物はすべて、必ず腹が減るからだ。

腹が減ったときは、眩暈《めまい》がする。そんなときは胃に水を流し込み空腹に耐えた。しかし、これは序の口だった。腹が空ききったときは、胃から苦い黄《き》みーずの粘液が口のなかに湧き上がり、その後、胃がヂカヂカと熱くなる。その熱くなった粘液で、強度な眩暈に襲われる。しかし、食べなければ生きていけない。剛だけなら、何とか塩を嘗《な》め水を飲み、空腹をしのげるが幼い冬子は我慢できずに飢えに泣いた。

冬子は夜泣きして空きっ腹のまま寝ることは日常茶飯事《さはんじ》だった。そんなときは寝入るまで我慢強く抱っこし、

「ねんねんよ、冬《ふ》ちゃんは、冬ちゃんは、ねんねんよ」

母が冬子を寝かせていた口癖を思い出し真似て歌った。その歌を聞かすと安心するのか、どんなに夜泣きしても冬子は眠りについた。

冬子の泣き寝入りの涙がラムネにみえ、空腹を少しでも満たそうとなめた涙はしょっぽく、なおさら喉が渇き空きっ腹にこたえた。そんなときは母ちゃんと言って泣いた。

食料がつきて、もう家にはなにもない。

父に相談しようにも父は、照子姉を手放した寂しさ、また罪悪感があったのか、あの日から益々酒量のメーターが上がり、いつも泥酔し、ぐでんぐでんとなり、居間で転がっていた。完全なる育児放棄であった。

冬子は三歳になっていたが、空腹のためかいつも指吸いをしていた。強く吸われる指はいつしか血が滲《にじ》み紅く爛《ただ》れていった。冬子の爛れた指を見るたび心が痛み悲しくなった。

冬子に食べさせたいことから思い余って、セイ婆やんの納屋に掘ってある穴蔵からさつま芋を盗んだ初めての盗みだった。それからは畑の野菜を盗み、近くの山鹿商店からパンを盗んだ、パンをおいている陳列棚は、破れた杉戸の穴からちょうど手が届く範囲だった。盗むときは、家人が寝静まったときを狙い、盗んだパンは冬子にすべて与えた。

冬子にパンを見せると早く、早く食べさせてといって跳びんこ、跳びんこして喜んだ。

「兄ちゃん、私《うち》パン好きやけん」

といって、嬉々《きき》として食べた。冬子の笑顔が愛しかった、いつしか冬子の喜色が生きがいになっていった。

そんなある日、山鹿商店のおばさんに呼び止められた。いつも優しい人のいいおばさんだったが、そのときは険しい顔をし店の裏に連れていかれ、

「剛ちゃんなぜ呼んだかわかる。剛ちゃんパン盗ったやろ。剛ちゃんの困っていることはわかるけんど家《うち》も子供が五人もいるけん。パンを盗られることは小さい店では大変なの」と、いった。

おばさんは、みんな知っていたんだ、知っていて見逃してくれていたんだ。

剛は、

「おばちゃん、ごめん」

というなり脱兎《だっと》のごとく店を走り出、どこをどう走ったか分からないが、いつしか母が身を投げた家内渕にきていた。

崖の上から時間の経つのを忘れ、渕の渦巻きをじっとみていた。渦の流れをみているといつしか渦が母の顔になり、母が手招きし呼んでいる。

懐《なつ》かしさから
「母ちゃん」

と叫んだ。

そして崖から渕に飛び込んだ。それから何時間たったのだろうか、剛は浅瀬に打ち上げられ気がついたときは黄昏時《たそがれとき》になっていた。不思議なことだが打ち身はなく水も飲んでいなかった、剛は泳げなかったが無意識に手足を動かしていたのだろう。

七

生きるために食べるのか。食べるために生きるのか。これは永遠のテーマだと思う。剛は食べることのみが生を全うするすべてだった。そのために盗みをし、冬子は盗んだものを喜色して食べた。悪いことだとは思ったが、冬子の喜ぶ顔だけが生きがいになっていた。

ある日、置引きをしているところを組〔クラス・メート〕の山鹿佳子に目撃された。塩江の琴電バス停留所の待合室に置かれていた荷物から、あんパンがはみ出ていた。そのあんパンを盗んでいるところを偶然に通りかかった山鹿佳子に見られてしまった。持ち主のおばあさんが、公衆便所に入ったところを見透かして、犯行に及んだときだった。

山鹿佳子は、組でなにかあると剛を庇《かば》ってくれる優しい学友だった。いつしか好意を持ち初恋の人でもあった。いちばん知られたくない、その彼女に犯行を目撃された。たまらなく羞恥心《しゅうちしん》で一杯となり、悲しくて、もうどうしょうもない嫌悪感《けんおかん》に陥り、死のうと思った。人生経験の浅い剛に考える余地はなく、死への決断は早かった。

前回、家内渕に飛び込んだのは、衝動的なものであって、死にたいと思って飛び込んだものではなく、母の幻につられその懐かしさから母の元に向かって行ったのだ。魔が差したのかもしれない、そのときは何も考えていなかった、頭の中は空っぽの状態だった。考えていれば幼い冬子のことを一番に考え、あの高い崖から家内渕に身を投じることはしなかっただろう。しかし、今回は本当に死のうと思った、貧困からの苦悩ではない、世間のしがらみから開放され楽になりたいことでもない。また世間の束縛から開放を願うことではない、いちばんの理由は山鹿佳子に犯行を見られたことだった。笑うかも知れないが、そんな単純な動機だった。

犯行を見られた瞬間、生道につながっているか細い糸が、鋭利な刃物でプッンと音をたて断ち切られたように感じた。この部分だけは、隠しておきたいという秘密の暗部を見られた。それも一番好きな彼女に目撃された。分別のある人からみれば、そんな単純なことでと思われようが真実それが死ぬ理由だった。

幼い冬子を残して行くのは、不憫に感じ一緒に連れて行こうと決断する。

母が自殺した家内渕の崖から身を投じるのは冬子が怖がると思い、静かな内場ダムの池畔《ちはん》で入水《じゅすい》自殺をしようと考えた。

その日は、なけなしの米を全部炊き、腹一杯食べ母が好きだった裏山の藪椿の花で花輪をつくり、冬子の首に掛け内場池に向かった。久しぶりに外出した冬子は満腹感もあり、また久しぶりに外出することが嬉しいのか、

「兄ちゃんどこいくん、どこいくん」

といって盛んにはしゃいだ。

もうすぐ死ぬことを知らない冬子をおもうと、不憫さが募ったが決心は揺るがなかった。

いざ池畔で冬子を負んぶして入水しようと肩付近まで水につかると、

「兄ちゃん、どこいくん。どこいくん、いったらいかんけん、いったらいかんけん」

その都度、冬子が泣き叫び、それ以上はどうしても進めなかった。

冬子を眠らせたあと、再度入水しようと冬子を負んぶしてひたすら歩いているうちに太陽が沈み、池畔は薄暗くなり夜を迎えた。

今日決死の思いで死のうと思っていたが、夜となると気分的に滅入り死ねない。死ぬときは明るい陽射しの方がいいと思案しながらとぼとぼと歩いているとき、

「ガアー」

という獣のような唸り声とともに、突然にビューというしなった金属音がし、頭になにか棘《とげ》のような物が刺さった。

闇夜の中で何があったのか、何が起きたのか突然のことで声もでない、負ぶっていた冬子は疲れて寝入っていた。闇夜から月明かりになったとき、目の前に大きな男が立っていた。高利貸しの大村だった。

「なんだ、お前達か」

そういうと、大村は安堵したのかキツネ眼をした細い顔にうす笑いを浮かべた。

大村の家は池畔にあり歩いて帰っていたところ、剛兄妹に遭遇したのだ。

大村は夜歩くときは、常に護身用の鋸《のこぎり》を携帯し、その鋸で切りつけてきた強盗に襲われたと思ったのだろう。さいわい剛は、運動帽を被っていたことから傷はなかっ

た。また、冬子の頭に当たり大怪我しなかったことが責めてもの幸であった。大村は今日のことは絶対に村の人にいうなといって固く口止めされた。

大村は父が借金し、それを苦にした母が自殺したが、その原因を作った怨念の男だった。剛は後日になってそれらの事情を知ったが、知ったところで小学生の剛にはどうすることもできないことであった。しかし、恨みの感情だけは残った。

大村は剛の家の前を通って帰るが、あの事件後から定期的に古米を置いて帰っていった。大村が剛に行った行為の口止め料と、また母への贖罪《しょくざい》があったのかもしれない。この古米は飢えから逃れるため、大変助かった。大村が救いの女神に見えたことも確かであった。

剛が冬子を負ぶっていると、

「ぼうず、ええ子やの」

といって頭をなで持っていた菓子袋を気前よくくれた。中身は大体あんパンであったが、ときに当時としては貴重な板チョコレートが入っていたりもした。チョコレートをたべたのは、そのときが初めてで、冬子と鼠《ねずみ》のようにチョびっとづつかじり何日分にも分けて食べた。こんな甘い物があるのかと感動して心が振るえたほどだった。いつしか剛は父より大村を慕った、呑んべんだらりの父より大村に大人の男を感じたのだった。

八

大村の古米の援助により食べることに専念する生活から解放され、小さな従容《しょうよう》を得たときから心の余裕がでてきた。食料のないときは、食べることのみが頭を支配し、その食料確保のため盗みもした。しかし、今は十分とはいえないが多少の古米を確保している。

この古米は、黒く変色し穀蔵虫《こくぞうむし》が湧いたもので、家畜用の食料に与えるものであった。洗うと真っ黒な汁と穀蔵虫の死骸が出てきた。それらの虫を取り除くため数回洗うと、米の原型は崩れた。ふやけた古米は最後にぶつぶつの小さな粒になった。炊くとうす黒くばさっとしたものだった。

その米を大村は廻してくれていたのであるが、そんな物でも食べられる喜びがあった。古米が一俵届いたときは俵に頬づりして抱きついた、嬉しかった。剛の人生の喜びの中の一つになったほどだった。

古米の確保が出来たことは、剛の心に微妙な安息をもたらした。極貧だが安定的な生活が保たれると、少し世間の出来事に関心を持つようになっていった。そんなときに風の噂で大村と母の関係を知った。小学生であっても、そんな関係は汚いものと認識できた。知ったときは、頭の中に何本もの虫唾が走ったような感覚に襲われ大村が汚く見えた。信頼していた大村が、そんな卑劣な男だったんだ。知った以上は、大村の援助はもらいたくなかった。

大村がニタニタとして古米を持ってくる度に、「ぼうず、ええ子やの」といって頭を撫でて帰ったが、その大村の汚い手で触られることが嫌でいやで仕方がなく殺意が走った。大村が帰るとすぐに小川で髪を洗った。嫌悪感から大村に対しての怒りが込み上げ、ひたすらに大村が憎くなって行った。しかし、自分たちの生活のことも思うと、どうしょうもなく面従腹背《めんじゅうふくはい》したのだった。それにしてもこんな古米をなぜ食べなければならないのだろうか。母を死に追いやった男の古米を食べなければならない苦痛。こんなに悲しく辛い屈辱はない。

俵の表に明治〇〇年と読めるものもある。数十年以上前の古米だ、こんなものを持ってくる大村の気持ちが許せない。野良犬に飯を食わしているとおもっているのだろう。こんな古米をうやうやしく受け取り食べなければならない一家の不幸を嘆《なげ》いた、嘆いたところでこの古米を食べなければ生きていけない。

「おい、こんな古米とおもうなよ。俺だってずーっとこの米を食べて生きてきたけん」大村はそう言ったことがある。

大村は食べるものを始末し、自分で作った新米を食べずにその新米を売って、この古米を食べていたんだろう、それこそ爪に火を灯すようにコツコツと蓄財し、戦後の混乱期に高利貸しとなり一代の財を成した。大変取りたてが厳しく、村人の中には恨《うら》んでいるものが多くいるとの噂であった。

大村もこの古米を食べていたんだ。そう思うと食べることができた。それにしても父もその古米を食べている。仇の男から施された古米なのだ。父の不甲斐なさに憤《いきどお》りを感じ、父が早く死ぬことを願った。特に大村と母との関係のことを知ってからは、古米を食べることに抵抗を感じ、吐きそうにしばしばなった。しかし、矛盾《むじゅん》することだが空腹には勝てず、その古米を生きるために食べた。

食べなければ生きていけない。人間というか、生きとし生きるものの悲しい運命である。

九

大村の古米を食べる度に悲しく、自分にかせられた数奇な運命を呪った。そんな呪いの行き先は、精神的に自由の身となった照子姉に向けられ烈しく姉を羨《うらや》んだ。照子姉も養家で辛酸《しんさん》なこともあるだろう。しかし照子姉は、母を死にやった大村から施された古米を食べなければならない苦痛から解放されたのだ。語弊だが、照子姉は自由の身になったといえるだろう。このときほど自分と照子姉との違いを呪ったことはなかった。

人間の生理はどんな粗末な大村から施されたようなものでも朝昼晩の三食べられるようになると、不思議なもので食する以外にいろんな興味が湧いてくる。食べられるようになったとき、余裕ができ放課後、初めて組の級友と野球をし、魚釣りもすることが出来るようになった。そんな余裕から、いつも散らばっている居間を掃除したところ、思いがけないものを発見した。塵《ちり》のたまった壁棚を雑巾で拭こうとして、置きっぱなしにしてある母の遺骨壺を持ち上げたところ、照子姉の大阪の住所と百円札三枚が置かれていた。
〔照子姉は、塩江を離れるとき黙ってお金を置いていったんだ。照子姉は養母からもらった小遣いを自分は使わず、こつこつとお金を貯めたんだ〕
三百円も貯めるのは大変なことだ。その照子姉の心情をおもうと目頭が熱くなり、無性に照子姉に会いたくなった。
〔照子姉やん、あんなに恨んだりして御免なさい〕
と心で詫びた。
照子姉は僕達のことを心配してくれていたんだ、そう思うと目頭が熱くなり泣きじゃくった。その日、冬子が寝静まるのを待って家を飛び出した。照子姉に会いたい、その一心で後先を考えず大阪に旅だった。冬子には三百円の中から二十円を使い好物のあんパン二個をそっと枕元に置いた。

十

剛の家出した五日間、里は上へ下への騒ぎとなり、ついには青年団を総動員して村中を捜索する大騒ぎとなった。

剛のいなくなった翌日、空きっ腹をすかせ家の外で泣いている冬子をセイ婆やんが見つけ、事情を聞くと剛がいないといって泣きじゃくる。

酒に酔っている父の良治に聞いても、何処に行ったのか分からないというばかりで埒《らち》があかない。夕方になり、夜になっても帰ってこないことから、もしや剛の身に何かおきたのだろうかと心配したセイ婆やんが、駐在さんに届け出、青年団等が駆り出され山狩りもされた。そんな村での大騒動中に剛は連絡船の着く港町、松山港で途方にくれていた。

剛は、大阪に向う連絡船を間違えて、反対の九州別府行きの連絡船に乗ったのだ。

小学三年生だが体の小さい剛は、バス、連絡船は大人の傍らに立って歩き改札口等をすりぬけた。連絡船に乗れば大阪に着くものと思って、停泊していた連絡船に飛び乗り、松山港で乗客が降りるのに連られて降りた。そしてそこが大阪と思い、通行人に照子姉が書き残していた移転先の住所〔大阪市此花区伝法町〕を示したが、間違っていることが判明。街中で途方にくれトボトボ歩いていたところを巡回中の警察官に保護された。

高松築港駅では父とセイ婆ヤんが迎えに来ていた。剛が連絡船から降りるなり、「こんなに人に迷惑掛けて」

激怒した父からいきなり胸ぐらをつかまれ、拳骨で顔を数回殴られ蹴飛ばされた。父としては、村の人たちへのお詫びと剛への腹立しさもあったのだろう。

それを見ていたセイ婆やんは止めに入り、父を諭《さと》すように、

「良治さん、なんするん、剛ちゃんの気持ちが分からんの。こんなに小《こん》まい子が、姉やんに会いたいゆうて、じっと我慢して・・・ほんじゃのに剛ちゃんも辛かったんやで。姉やんに会いたくて、ほいで行ったんや。そんなこと分かってやらんで、剛ちゃんを庇ってやらんどうするんな。可哀そうに・・・」

母の死亡後、初めて優しい言葉をかけられた。父に叩かれた痛さは我慢できたが、セイ婆やんが庇ってくれた言葉に、胸がむせりポロポロと涙がこぼれた。

おもわず剛は、波止場に向って走った。追ってきたセイ婆やんは、そっと剛を抱きしめた。優しく抱いてくれたセイ婆やんの胸は母ちゃんのように温かかった。母親の愛情に飢えていた剛は、しゃくりあげて泣きつづけた。

十一

剛が里に帰った後、父の育児放棄がとわれ剛、冬子を県立の養護施設に入所させる話しが、村の間で持ち上がった。

河田の爺さん達がこの入所話を持って家に来たとき、家族を引き裂き、さらわれるように照子姉《ねえ》と別離させられた悲しい過去を思い出し部屋の隅で震え続けた。震えている剛、冬子を見ていたセイ婆やんが、

「家族がばらばらになる、こんな悲しいことはないけん、私《うち》が子供の面倒みるけん、それで河田さんええじゃろ」

と言ってくれた。

里のまとめ役のセイ婆やんから言われれば、河田の爺さんも引かざるを得なかった。

父も剛の家出後、反省したのか酒をやめ真面目に働くようになった、といっても父は日雇人夫なので収入は知れていた。剛がセイ婆やんの田圃を手伝うことで生計は成り立った。農繁期の手伝い、農閑期は田圃の稲の水入れ、牛の世話は剛の専属となった。

牛は世話をすればするだけ剛に懐き、剛がくれば顔しゃぶりまでしてくる。剛も牛が可愛くてたまらず、牛小屋に頻繁《ひんぱん》に通ううち藁棚《わらだな》で寝泊りするようになった。牛糞の臭いさえ気にしなければ小屋は快適であり、窓のない暗い家でいるより落ち着き、特に冬は暖かくいつしか父、冬子もここで寝るようになっていった。

冬子を真ん中にして、稲藁の中で川の字で寝ることに小さな幸せを感じた。心配なく食べられることで充足してきた幸福感であった。これは、セイ婆やんのお陰で米、麦、野菜、味噌に不自由しなくなったときから冬子の夜鳴きもおさまった。困ったことは大村から定期的に届く古米であった。しかし、こんな古米でも絶対に捨てる気はしなかった。何かあると困窮する生活に逆戻りするのではと、常に飢えのことが頭から離れず、そのことから開放されなかったからであった。

剛の中学一年生のとき、セイ婆やんが鬼籍の人となった。

セイ婆やんとの別れのときは切山〔死体焼場〕までついていった。柴の上に乗せられた丸棺桶《まるかんおけ》に点火すると、里の人は帰っていくが剛は独り留まった。

セイ婆やんに生前の厚情を感謝し、鎮魂の情を表したかったためであった。独りになり、喪に服しながら、静かにセイ婆やんの思い出に浸っていた。そのときセイ婆やんの死体から鼻につくような生々しい秋刀魚《サンマ》が焦げるような臭いが漂った。空きっ腹に秋刀魚の焼けた臭いを嗅ぎ、秋刀魚を食べたい衝動に猛烈にかられ空腹感に襲われる。暈眩《めまい》がする。

今日はセイ婆やんの惜別の日であり鎮魂の日でもある。なにか困ったときはいつも駆け込み、大きな愛で慈しんでくれた人だった。それなのに、そのときセイ婆やんのためにに供えられていた餅、果物に手をつけた。ひもじさに堪えられなかった。

どんな悲しいことがあっても腹は減る。セイ婆やんの供物を食べることに、もうどうしょうもない抵抗を感じ嫌悪もし、そのことを忌避しようとしたが、食べる誘惑にはどうしても勝てなかった。

〔セイ婆やんごめんなさい。ごめんなさい〕

涙が頬をつたい流れ落ちた。その涙ながらセイ婆やんの供え物を食べ干した。

十二

昭和三十一年（一九五六）、剛は塩江中学を卒業し神戸市の阪神製鋼に集団就職した。

就職して一年間は仕事を覚えること、また環境に慣れることに忙殺され、郷里の冬子のことを忘却することがあった。

そんなある日、冬子から一通の便りが届いた。

「剛兄ちゃん、お元気ですか冬子も元気です。〜〜〜〜〜〜〜〜〜〜〜 剛兄ちゃん一生に一度のお願いです。中学の制服を買ってほしいのです。組で制服を着ていないのは私だけです。本当に本当にお願いですす買ってください。〜〜〜〜〜〜そして今度のお盆には塩江に帰ってきてください。絶対に帰ってきてください。絶対に帰ってきてください〜〜〜〜〜〜〜冬子」

手紙を読んで剛は、涙が止まらなかった。

「冬子ごめん」

寮の部屋で布団を被り、手紙を握りしめ嗚咽した。

その日から冬子の悲しそうな顔が目に浮かんだ。あまりに寂しい日は、神戸港のメリケン波止場に行って、

「冬子〜」

といって、故郷四国の方に向かって何度も叫んだ。

冬子と呼んだとき、たまらなく涙が頬を伝って流れた。もうどうしょうもなく、どうしょうもなくポロポロと流れ出、止まらなかった。

〔冬子ごめん、今、兄ちゃんにはお金がないんだ。もう少し待っておくれ〕

その年のお盆、一日千秋の思いでお盆を待っていた冬子の元に帰った。

早速、冬子の中学の制服を購入のため山鹿商店に足を運んだ。そのとき制服を着た冬子の両目からハラハラと大粒の涙がこぼれた。

この涙は、今までどんなに惨《みじ》めな日々を過ごしてきたのかという悲哀も込められていただろう。組でただ独り制服がなく、小学生時代からのボロ着を着ていたのだ。冬子は、この日をどんなに待ち望んだだろう。冬子の堪えてきた苦悩を思うと、目頭が

熱くなった。

剛は中学時代曲がりなりにも制服は着用していた、大村の息子の着古した制服だった。そんな意味では大村に感謝しなければならないだろう。しかし、冬子にはそんな着古した制服もなかったのだ。

「剛兄ちゃんありがとう、ありがとう、ありがとう」

冬子の鼻声は、どんなにいままで惨めな思いをしただろう。どんなに今日の日を待ち望んだろう、はやく買って欲しかったんだろうという、おもいが篭《こも》った鼻声だった。

剛は薄給の中からも父に仕送りしていた、しかし、その仕送りはすべて父の酒代に消えていたことを帰郷して初めて知った。剛の仕送りから冬子の制服を購入することは、たやすいことであるのに父はすべて酒代に当てた。父を意見するセイ婆やんはすでになく、剛が神戸にきてから酒量が段々とあがっていったそうだ。

父も寂しかったのだろう、だからといって制服の購入をせず酒代にあてる父の行為が許せなかった。反省した剛は父への送金はやめ、仕送りは山鹿商店のおばさんに送り、そこから冬子に届けてもらった。

生きる。たったこの三文字のなかに、食べ糞便《ふんべん》し寝て起きること以外に人生の夢、失望すべてこもっている。

十三

「剛、ええか阪神製鋼は日本でも一流の会社やけん、ここは絶対辞めたらあかんぞ、ここで居れば一生、食べていけるけん、石にかじりついてもそこで頑張るんや、ええな分かったか」

中学担任の藤沢先生から口酸っぱくいわれた。剛もそう思った、安定した生活を望み父のようには絶対なりたくなかった。

住む寮は整備され、ご飯はおかわりできる。塩江にいたとき、肉は一年に数回セイ婆やんが飼っているヒネ鶏を処分したときに、ご相伴《しょうばん》にあづかるくらいだった。寮では日替わりで肉・魚が食卓にのぼった。ご飯をむさぼり食べ、空きっ腹から開放される頃から心が豊かになっていった。

空腹感を克服して初めて、他のものに関心を寄せることができるようになった。その最大の関心事は早く冬子を父の元から離したかったことであった。そのため薄給の中からも一生懸命に貯蓄し、冬子と同居するための小さなアパートを借りることだった。

父は冬子が中学卒業後の二ヵ月後、塩江の山が山桜に染まる頃に死亡した。誰に看取られることもなく暗い寂しい家の中での泥酔による孤独死だった。あの窓のない家、そして家族のいない家は空しい。父は孤独を紛らすために、さらなる酒量が増えたのだろう。父を荼毘《だび》にふし、自宅の裏山にある母の好きだった藪椿の根元に母の遺骨とともに葬った。

奇怪なことだが父を荼毘にふした日に、高利貸しの大村が家内渕で水死体として発見された。手には鋸を握りしめ服装に争った形跡があったそうだ。

父の遺体の服装も引き裂かれ頭頂部に血糊《ちのり》があり、鋸上の傷が認められた。父は酔っ払って転倒し、その辺の岩石にでも頭を打ちつけたのだろうと、河田の爺さんが通夜の席で言っていた。しかし剛は、父と大村の間になにかトラブルが発生したのではないかと秘《ひそ》かに感じていた。

〔里の人は、誰も知らないが大村は、護身用に携帯用の鋸を持ち歩いている。現に剛も小学生のとき内場池の池湖で、大村に鋸で切りつけられたことがあった、そのことから確信したのだった。父が母の怨念を晴らしたんだ〕

そう藪椿の下で眠っている父に語りかけたとき、一輪の花が静かに線を引いて落ちていった。

十四

小さなアパートを借り、冬子と同居して二年、冬子は都会生活に慣れ、お洒落に目覚めたのかしきりに鏡に向かった。ひもじさのなかで育ち血色が悪く、世の中を媚《こび》るように伏目がちにみる顔も、いつしか一掃し、性格が朗らかになり心もち綺麗になったように感じられた。

港町神戸の醸《かも》し出す気風がそうさせるのかもしれない。そんなジュンブライトの六月、冬子は還らぬ人となったリストカットによる突然の自殺だった。

冬子は剛の寮母の娘が経営する喫茶店にウェイトレスとして勤めていた。手に障害のある冬子に職は限られ、中卒の冬子に事務的な仕事はなく、また手作業的な工場勤務は無理だった。そんなハンディを持った冬子の就職を、会社の寮母に頼んだところ、喫茶店の店員を奨められた。そのとき、客商売の喫茶店に冬子が勤めることに一抹の不安を感じた。その不安とは、冬子の左手甲の醜い魂だった。その魂を客が好奇な目で見ることへの茫洋な不安がつきまとったからであった。しかし、案に相違して冬子は喫茶店では総じて学生達の人気者になってたそうだ。

神戸には有名大学も多く、冬子の勤める喫茶店は、そのうちの一つの大学の近くにあり、そこの生田という学生と恋をした、というより精神的な愛《プラトニックラブ》だったようだ。

冬子の自殺の原因はその生田にあると思い、生田を問い詰めると冬子とは、冬子の勤める喫茶店で知り合い、交際が始まったとのことであった。この間はプラトニックな付き合いで手も握ったことがなかったと言った。しかも驚いたことだが二人の間では婚約までしていたことを告白した。

冬子の都会の女の子にはない純朴な魅力にひかれ、愛を育くんできたことを生田は涙ながらに話し、生田自体もなぜ突然に冬子が自殺したのか、心当たりがなく戸惑いうろたえるばかりだった。そういえば冬子はこの半年大変明るかった。今思えば冬子はよく笑い、ときには鼻唄を歌っていたときもあった。

冬子の愛した生田は温和《おとな》しく優しい大学生だった。山陰地方の隠岐島出身だといい、島で育まれた優しい人情を受け継いでいるのであろう。生田は大学を卒業すると冬子をつれて島に帰り、家の家業を継ぎ漁師をするといった。生田の言葉に嘘は感じられなかった。冬子は生田から交際を申し込まれたとき大変に喜んだそうだ。そして交際し、愛を育み素直に生田の言葉を受け入れ婚約する。

冬子は吉永小百合主演の純愛映画「泥だらけの純情」、を嬉々として話していたことがあった。大金持ちの令嬢と交際していた最貧な工員が親の反対にあって挫折するが、二人は純愛を通すため心中する。映画を鑑賞したことが、よほど嬉しかったのか剛にも何回にも亘って映画ストーリーの話をしていた。その映画を生田と鑑賞したことを後日知ったが、この時期は冬子の生涯の中で一番楽しい刻《とき》だったろう。冬子の短くて寂しかった十七年の生涯の中で、神様が与えてくれた随一の優しい光だったように思う。

冬子はそんな幸福なときに、なぜ死を選んだのだろう。それも自分の終焉を自殺という苛酷《かこく》な死によって閉じたのだろうか。なぜ愛する生田を残して旅立ったのだろうか。疑問は深まるばかりであった。

冬子は死に際してなにひとつ残さなかった。

遺書等も一切なく、リストカットで左手首の動脈をスパッとカミソリで一文字に引き、ためらい傷は認められず、まるではやく世の中に「決別《グッドバイ》」するがごとく逝き急ぐように命を絶った。

剛も冬子を道連れに郷里の内場池の池畔で死のうとしたことがあった、あのとき小さな冬子は必死で泣き叫び入水自殺を止めてくれた。あの苦しい尋常でない幼少時代を必死に堪え乗り越えてきた。

あの極貧の時代を思い出せば、どんな辛いことでも堪えていけるはずなのに何故、黙って独り黄泉路《よみじ》に旅立ったのだろうか。死ぬ程の苦しみがあるのなら、なぜ一言ぐらい苦悩を打ち明けてくれなかったのだろうか。荼毘にふした冬子の遺骨が帰ってきた日から、剛は冬子の遺骨壺を枕元において眠りについた。寂しがりやの冬子を少しでもそば近くに置いておきたかったからであった。

「その日も空腹だった、小学二年の剛は冬子に催促され、さつま芋をふかした。昼食はそれだけの質素なものだった。昼食後、午睡《ごすい》するが、そのとき冬子は剛の傍らで寝入っていた。遠くで内場ダム建設の発破の音が聞こえた。いつまで寝入ったか分からない、発破の音で目覚めたときに冬子が居ないことに気がついた。慌てて冬子を探すが見つからない、その動揺を加重するように、さらに追い討ちをかけてくる発破の音。その音は夏の暑い空気に伝播し、大音響となって山々に跳ね返ってくる。いつの間にか現われた冬子が左手に大怪我し悲しそうに泣いている」

〔冬子〕

とおもわず声をかけ、夢から覚めた。

夢だった。

冬子は夢の中でなにか訴えたかったのだろうか。発破で大怪我をした冬子の悲しそうな顔。夢の最後は決まって悲しそうな冬子の顔だった。いつも同じ夢を見ることは剛の潜在意識の中に冬子に対しての罪悪感があるのであろう。あの日、冬子が外出したときに気がついていれば、冬子は大怪我をしなかった。その原因を作ったのは自分かもしれないと苛《さいな》まされ、激しい後悔と自己嫌悪に陥り自虐的《じぎゃくてき》に自分を責めに責めた。これらの責めからくる鬱積《うっせき》で、血反吐《ちへど》を吐き頭は朦朧《もうろう》として重く圧《の》し掛かった。せめて冬子の最後の苦悩を知ろうと思い生田を呼び出した。

喫茶店で会った生田も精気はなく、生田にとっても冬子の存在がそれほど大きかったのであろう。生田は消え入るような声で、冬子との交際にいたるまでの出来事、また楽しい思い出話を聞かせてくれた。そして冬子が自殺の前日に話した内容のことも詳細に話した。

「その日の冬子さんは大変上機嫌だったんです。デート中にも自殺する気配は感じられませんでした。また剛兄さんと食べるのだといって、あんパンを二つ買って帰ったのです。僕の妹なんか絶対にそんなことしませんよ。兄さんが羨《うらや》ましいと思ったほどです。それにその日は、冬子さんにプロポーズした日でした。それなのに自殺するなんて」

といって、生田は絶句し涙ぐんだ。しかし剛は、生田の会話の中に一つだけ気になる話があった。

その日、生田と冬子は喫茶店でデートし、楽しくお喋りしお茶を飲んだ。そのとき冬子の左手の塊に生田の眼がそれとなく注がれたとき、冬子はさーっと手を机の下に隠し、あからさまな拒絶反応を見せ、悲しそうに眼を伏せうつむいたと語った。

生田は冬子の手の塊があることは知っており、そのことを別に気に止めることなく別れたそうだ。

剛はその話を聞き、はっと思い当たる節があった。自分が少年時代に組《くみ》の山鹿佳子に置き引きを目撃されたとき、死のうと思ったことを思い出した。

あのとき自分の一番触れて欲しくない隠事《かくしごと》を見られた。それも好意を持った彼女に、それで死のうと思い内場池の池畔で入水したが冬子が泣いて止めてくれ未遂に終わった。もしかしたら、冬子も好きな生田に秘していた左手甲の塊を見られたことを気にかけて悲観したのだろうか。しかし、自分の経験では、そんな理由〔山鹿佳子に置き引きを目撃された〕では死ねなかった。

内場池、池畔の入水自殺は未遂に終わったが、あのときは生・死に迷いがあった。

冥土への旅立ちであったが、何かしら不可思議というか、表現するとすれば、・・・ぼやっ・・とした生への執着があったように思う。そのため入水したとはいえ、どこかの段階で引き返しただろう。冬子が泣いてくれたときホッとしたことを覚えている。そんなことでは死ねないと断言できる。死ぬとすれば他になにかあるのでは。

剛は内場池の池畔での未遂の他、もう一件自殺未遂を起こしている香東川の家内渕での投身だ。それは厳密にいえば自殺とはいえない。げんに自殺ではないと断言できる。

家内渕に飛び込んだときは、家内渕の流れの渦をみているうちに、その渦がいつしか母の顔と重なり、渦のなかにできた母の幻影に導かれるように渕の渦に飛び込んだ。それは死のうと思って飛び込んだものでは絶対なかった。あの時は魔がさしたとしか思われない。

若しかすると、冬子にも魔がさしたのだろうか。何かそんな現象が起こっただろうか。剛の経験から推理すれば、冬子は一番気にしていた手甲の魂を、好意を持った生田に見られたことが引き金になり、そのことで前途を悲観したのではないだろうか。忌《いま》わしい醜《みにく》い手甲の塊を凝視しているうちに、発作的に手首を切ったのかもしれない。自分も母の幻影に引かれるように家内渕の渦に身を投じた。そのとき頭は空白だった。冬子も左手首をなんの躊躇もなく、カミソリで一文字に線を引いた。

冬子が死んだ今となっては、その心理情況は分からないが、そのときの頭は、真っ白な空白状態だったと思う。一瞬の消極的な自殺だろう。自殺するときの心理状態とはそんなものだ。

冬子の突然の死だったが、不思議と涙はでなかった。それより冬子を裏切り者とさえおもっている自分がいる。

自分をさておいて、冬子が先立ったことへの不智の怒りであった。今まで世間の荒海の中で堪えてきたのはなんだったのか。窮乏から世間に蔑《さげす》まされ馬鹿にされ、それでも歯を食いしばって生きてきた。辛かった人生の並木道を二人して励ましながら生きてきたんじゃないか。それなのに自分を置き去りにし、先に旅立つなんて。

葬式がすみ一週間ぐらい経ってから徐々に怒りの渦から解き放され、その後、猛烈に冬子が愛おしくなり、夜になると思い出し、布団を被り冬子の骨壺を抱きしめ男泣きに、泣いて泣いて泣いて泣いた只々涙が枯れ果てるまで泣いた。それがせめてもの冬子への供養だった。

十五

冬子の死んだ後は、心が朦朧となり何もしたくなく、もういつ死んでもいいと捨て鉢な気持ちになっていった。心は亡骸《なきがら》のようだった。そんな時、意外な人の訪問を受けた。会社の守衛の大西氏だった。

大西氏は何処で聞いてきたのか、伝《つて》を探して剛のアパートを訪ねてきてくれた。大西氏とは個人的な付き合いがなく、朝夕、守衛室前で挨拶する程度の人だった。その人がなぜと戸惑う剛に、

「いや藤村さん、近頃のあなたには元気がないので心配していたんです。僕はこうみえてもシベリア帰りなんです。あなたの齢の頃にはソ連のイルクーツクという町で強制労働させられていました。それはもう酷《ひど》いものでした飢えと寒さで仲間も多く失いました。また自殺者もありました。そのときの自殺者と・・・・・」

そう言ったところで大西氏は、口をつぐんだ。

大西氏は剛の生きる屍のような姿をみて、シベリア時代の自殺者を連想させたことが来訪の理由《わけ》だった。剛がいつ死渡《しど》へ旅発つのではと思っての来訪だった。

「藤村さん、生きるために僕は、野草・野鼠まで食べました。生きて祖国に帰りたかったのです。それは家族に会うためにです。あなたにも家族はいるでしょう。どんなことがあっても、死ぬことだけはいけないことですよ」

と言いにくそうにいった。

「僕には家族は、皆死んで居ないんです」

剛がそういうと、大西氏は罰の悪いように目を白黒させて天井を仰いだ。

だが、剛は大西氏に少なからず感謝した。

赤の他人にこれほどまで心配されていたんだ。そしてそんな風、

〔後追い自殺・自殺に追い込まれる者、また願望する者の一つの特徴として視野《しや》狭窄《きょうさく》の鬱《うつ》状態になっている〕

に見られていたんだ。しかし、そのときも大西氏の忠告を聞きながらも、いつも死渡への影が忍び寄っていた。

大西氏が訪れてくれたその夜、冬子の骨壺をいつものように抱きしめ寝るが、夜のしじまになっても茫洋として寝付かれない。寝付かれないまま骨壺に耳を当てると骨壺のなかの骨が摺《す》れ、微かな子音の音《ね》が、

「カサコソ、コッコッ」

と聞こえてくる。

〔冬子〕

と呼びかけると音が止まった。

冬子は何を言いたかったのだろうか。

その音は、なにか訴えようとする音にも聞こえ、私を見捨てないでともまた、

「バイバイ」

とも聞こえた。それからずーっと寝付けなかった。

冬子との想い出を辿るうち、セイ婆やんの牛小屋の藁棚で、冬子を真ん中に挟み、父と川の字で寝たことを思い出し、おもわず涙ぐんだ。

薄幸な冬子の人生の中で、随一楽しかった思い出だった。父・冬子もそのとき何が楽しかったのか笑っている。そんなときもあった家族だったんだ。家族・・・・家族か、そう思ったとき、ふと、大西氏が家族のことを語った言葉が鮮明に浮かんだ。

「藤村君、あなたにも家族はいるでしょう」、「家族はいるでしょう」

その言葉を頭の中で重複しているうち、何か特別なものを見失ったのだろうか。

それとも何か今までの人生の中で何か重大な忘れ物をしているのでは、そんなもやもやとした、絡まった糸をときほぐすような悩みを、混冥《こんめい》な夜の闇の中に問いかけながら更に強く骨壺を抱きしめた。

骨壺の骨が摺れてキューと悲鳴をあげた。その草笛の鳴くような蕭条《しょうじょう》な音《ね》は、冬子の泣いた声に聞こえた。

〔泣き虫だった冬子。いつもお腹を空かし泣いていた冬子〕

過去の辛い思い出が蘇り凝縮していく。

夜鳴きする冬子を負ぶって、とぼとぼ歩く夜道の光景が静かに眼に浮かんだ。負ぶっている冬子が後をふり返り、ふり返り誰かを呼んでいる。その声は、

「ーー姉ちゃん、ーー姉ちゃん」

と言うようにき聞こえてくるのだった。

「～～姉ちゃん」

姉ちゃん、姉ちゃんって誰のことだろうか、そう骨壺に語りかけたとき、なにか清浄な音を立てたように感じた。

〔姉ちゃん、姉ちゃん、てるー、てるー姉《ねえ》〕

アッ、と叫んだ。

そのとき、忘却の彼方にあった照子姉の居たことが、スクリーンの中で夜霧を払うように徐々に蘇っていった。そうだ、そうだったんだ、冬子はこのことを知らせた

かったんだ。
〔冬子、冬子ごめん、忘れていたんだ。照子姉がいたことを。・・・思い出させてくれたんだ。そうだ冬子が思い出してくれたんだ。・・・冬子ありがとう、ありがとうとう〕

高松築港駅で父に拳骨で殴り飛ばされ、その日から徐々に照子姉は頭の中から消滅して行った。父の鉄拳が頭の記憶を司る前頭前野、海馬の中枢を打撃したのだ。

絶望的な悲しみが訪れると頭にポッカリと穴が開くように、その悲しみが飛散する。それはある日、突然に道路の中に穴が開き空洞状態になったようなものだった。そして、照子姉の存在していたことを、頭のなかの記憶装置からをすっかり消し去った。

照子姉と過ごし苦楽した日々の過去を、消滅という悲しい渦の中に欠落させ、そして記憶喪失に陥ったのだ。同じように冬子も、幼心時から照子姉はこの世に存在しないものとして過ごしてきた年月だった。一家では誰も照子姉のことを触れず、一切封印し喋ることがなかった。またそれ以上に圧《の》し掛かった極貧の生活は、生易しいものでなく、その日、食べて行くのがやっとどころの騒ぎでなく二、三日、食べられないときがザラにあった。そんな窮状の日々のため、悲惨な過去の出来事を忌避し、知らず知らずに照子姉の存在していたことを遠ざけた。そしていつの間にか夜霧の彼方に消去させた。それを冬子の骨壺が思い出させてくれたんだ。

連絡船にまで乗って追った照子姉を忘却していた。しかし、照子姉を思い出したものの照子姉に会いたい感情は、不思議と起こらなかった。照子姉は夏目家で幸せに暮らしている。自分たちを置いて自分だけ幸せになった人だ。そんな人に会ったところで惨めになるだけだ。照子姉を思う真の感情は、過去のことに、いつまでも引きずるのは止めようというものだった。

照子姉と離別した年月は、そういう感情を押し殺すに等しい哀しい年月だった。

冬子が死んでからは青空を見ても、青い海をみても灰色に見えた。会社が終了すると直ぐ居酒屋に駆け込み煽《あお》るように酒を呑んだ。

冬子のこと、そして忌《いま》わしい過去を忘れようと呑んだ。父のようになるのを畏《おそ》れたが、呑んで呑んで呑みまくった。酒を呑むと辛く悲しいことが忘れられた。しかし、朝になって酔いから醒《さ》めると激しい嫌悪感に襲われ、頭を畳みに狂ったように打《ぶ》ちつけた。そのとき父の孤独を初めて知った。父も寂しかったのだろう、父も浴びるほど酒を呑み自暴自棄の荒れ果てた生活だった。

荒《すさ》み疲れた生活から、抱いて寝ることもあった冬子の骨壺もいつしか壁棚に放置していった。いつものようにぐでんぐでんに酔っ払い就寝したある晩に、その骨壺が棚から落下し面体にあたり大怪我をする。朝に気がついたが、布団は血まみれで前額部に十五針も縫う大怪我だった。

冬子が怒ったのだと猛省し、そこからスパッと酒を立つことができた。その時分から冬子の骨壺に悟らされたのか、心に向き合う心魂が起こり、忘れていた照子姉のことを真剣に思うようになった。

この世の中にいる随一・肉親の照子姉に会い、父・冬子のことを知らさなければならない、それがせめてもの供養だと思った。しかし、照子姉の書いた住所の紙は逸散し、住所も記憶のなかに残っていなかった。そして何よりも悔やまれるのは、照子姉がいたことは思い出したが、肝心の照子姉の顔は、どうしても思い浮かべることが出来なかった。

思い出そうとすればする程、照子姉の幻影の顔は遠のき、その幻影の顔はいつしか冬子の顔になっていった。

照子姉の消息は紆余曲折《うよきょくせつ》したが、郷里の塩江で一番よく情報が伝わる万屋《よろずや》の山鹿商店のおばさんに電話し判明する。

山鹿商店のおばさんに、照子姉のことで何か分かるものがあるのではと思い電話したところ、意外な返事が返ってきた。

「ええ、なに剛ちゃん、なに言ってるん、もう照子ちゃんは、何年か前に亡くなったで」

といった。剛は耳を疑った。

「照子姉《ねえ》が死んだって・・・、それって・・・」

「ええ、知らなんだん、照子ちゃんが亡くなったん、夏目さんから電話連絡があって、ほいで良治さんに私《うち》から連絡したんで、剛ちゃん本真に知らなんだん、えーと確か剛ちゃんが神戸に行った年やったで」

と驚くようにいった。その言葉に剛は絶句したのだった。

照子姉がすでに鬼籍の人になっていたなんて、神戸に出た年といえば塩江中学校を卒業した今から七年前じゃないか、父は照子姉が死んだことをどうして言ってくれなかったのか。冬子からも聞いていない。父は冬子にも黙っていたのだ。今となってはどうしょうもないが、そのとき父の良治を殴り飛ばしたい衝動にかられた。父には肉親の情というものはないのだろうか。これが人間のすることか鬼畜の親だ、これが自分の父親だったんだと、死んだ父とはいえ、このときほど父を心底、憎んだことはなかった。

忘却の彼方にいた照子姉の全貌は、山鹿商店のおばさんより詳細に渡って知らされた。夏目の養父が大阪市此花区の金属会社に職を得、照子姉を伴って塩江を出た。この頃より照子姉は小児結核を患った、というより塩江にいるころより既《すで》に発症していたとのこと。

大阪に来た昭和三十年代（一九五五）頃は、大気汚染がひどく照子姉の病状が悪化し、工業地帯の同区では治療が儘《まま》ならず、夏目の養父は照子姉の容態をきずかって、空気のよい大阪郊外の吹田市吹田町に居を移した。しかし病状はよくならず、大阪北部の丘陵地帯にある高槻日赤病院のサナトリウムに入院し、そのサナトリウムで死亡したことが判明したのだった。

戦前ならともかく、こんな現代の医学が発達している時代に結核で死ぬなんて、塩江の窓のないあの薄暗い家は換気が悪く、そのうえ飢え状態で暮らしたそこで発症したんだろう。今思えば照子姉は、幼い弟妹に食べさせるため自分は我慢して食べなかったんだ。剛は薄幸な照子姉の少女時代を思って、目頭が熱くなったが涙することはなかった。冬子のときと違って、両者を隔て過ごさせてきた環境の違う年月がそうさせたのだろう。

十六

剛は、照子姉の消息が判明したにも拘わらず夏目家にはいかなかった。夏目の養母に良い印象を持っていなかったからだった。

小学生のとき、ひもじさに泣く冬子を連れ、夏目家に行った。照子姉は帰るとき、なにがしかの食べ物を持たせてくれたが、それを見たときの養母の冷たい目から夏目家へいく足が遠のいていった。

実の姉の顔を思い出せないのに、養母の冷たい目は思い出すことができる。この矛盾さにも悩んでいた。あの冷たい目が忘られずいき及んだ。その養母から手紙が届いたのは、夏の盛りの盆を過ぎ、ひぐらしの鳴く頃だった。

養父母は、山鹿商店のおばさんから照子姉の消息をきいた剛が、盆には夏目家にくるものと思っていたのであろう。しかし案に相違して、剛が来なかったことからの抗議の手紙であった。

「拝啓　朝夕の風は秋を感じさせ〜〜〜〜〜〜〜〜〜何故、お盆に来てくれなかったのでしょう。また私も照子も塩江の方にも手紙を出し続けました。何十通、いや百通もゆうに越えるでしょう。なのに何故一度もお手紙をくれなかったのでしょうか。肺結核を患っていた照子が会いに来て欲しいと切々と、それこそ命を削ってまで手紙を書いたのです。そのための旅費もお送りさせて頂きました。あなた方の情の薄さに私は悲しい思いで一杯でございます。〜〜〜〜〜〜〜　敬具」

剛は驚いた。知らなかった、今まで何百通も手紙をもらっていたんだ。父が夏目家からきた手紙は、中身を見ることなしに尽《ことごと》く竈《かまど》で焼き捨て、灰塵《かいじん》にしていたことを思い出した。

父は郵便屋さんから手紙を受け取ると夏目と書かれていると、すぐ手紙を竈に放り込んだ。手紙の中身を確認せずに焼き捨てる、なかには照子姉のことが書かれていただろう、多分そのことが主流を占めたのでは、それを躊躇することなく灰にする。夏目でどう思っていようと、父の中では、照子姉とは親子の縁から決別していたのであろう。

生木を裂くように照子姉とは別れさせられた。父にとって夏目の養父母は照子姉を奪った憎い相手だったのだ。

照子姉が大阪に行ったあの日、剛は父の背中を泣きじゃくりながら叩いた、そのとき父は無言だったが肩を震わせ嗚咽していた。父が泣くのをはじめて見たときだった。照子姉を手放した心苦しさからの涙だったのだろう。

薄情な父だとずーっと思っていたが、父にもやるせない気持ちがあったのだろう。今思えば、あの日から父は生きるというより、早く死にたかったのではないだろうか。父の孤独の深層は分からないがそう思う。

そして、夏目の養母からきた手紙の中に一葉の写真が添えられていた。懐かしい過去の姉弟妹《きょうだい》が写っている。今まで幻影の中にいた照子姉の全貌が、遠い記憶の中から呼び戻された。

〈照子姉《ねえ》、照子姉・・・・照子姉は、こんな顔だったんだ〉

セピア色の写真の中に照子姉が冬子を抱っこし、その横に剛が写っている。いつ撮ったのか分からないが夏目の養父が撮ったのだろう。あの時代の剛がいる冬子が、そして照子姉がいる。写真の裏側をみると、

「剛、冬子会いたい」

と記されている。

〈照子姉はいつもこの写真を肩身はなさず持ち、自分達のことを見守っていてくれたんだ。照子姉は自分達に何百通も手紙を出したんだ。結核に冒された病弱な身の上で命を削りながら手紙を書いたんだ〉

「会いたい」

と書かれた写真を見るうち剛は、その照子姉のいたいけな心情を知り、いたたまれず思わず号泣し、畳みに激しく何度も頭を叩きつけた。

照子姉の気持ちを察せず、その上、照子姉そのものの存在さえ消滅させていたのだ。父以上に薄情な自分がいることに強い衝撃を受け、自分自身への嫌悪感に苛《さいな》まされた。

〈何故、気が付いたときに早く夏目家に行かなかったのか。悔《く》やんでも悔やみきれ

ないアホ、アホ、自分は大アホだ〕
翌日、剛は会社を休み、いたたまれない気持ちで夏目家に向かった。

神戸元町から夏目家の大阪府吹田市吹田町は国鉄〔現在のＪＲ〕の電車で小一時間もかからない距離だった、こんなに近距離のところに照子姉は住んでいたのだ。あらためて早く訪れなかったことを猛省したのだった。
夏目の養父母には早く来なかったことを心から詫びた。仏前に少し横向きのはかなげな照子姉の遺影が飾ってあった。
〔嗚呼《ああ》ー照子姉は、こんな顔になっていたんだ〕
冬子によく似た伏目がちの顔立ちだった。
仏前の遺影に手を合わせ、瞳を閉じて早く来なかったことを幾重にもわび頭を垂れた。遺影から囁《ささや》くように、
〔剛いらっしゃい、私ながいこと、ながいこと待っていたのよ・・・〕
と聞こえた。

その優しくて懐かしい声が、キュンと目頭に走った。

慟哭するように背中、肩がふるえ出し、涙がはらはらと出て止まらない。

めくるめく頭の中に、お腹を空かして夜鳴きする冬子をおぶって夏目家の照子姉を訪ねた夜道。照子姉に会いたくて連絡船で大阪に追った悲しい追憶の風景が、セピア色となり走馬灯のように駆け巡った。

「照子姉」、「照子姉」

声を放ち泣き崩れた。

夏目の養父母もいつしか泣いていた。養母は声を詰まらせながら、今までの恨み辛みをぶつけるように、

「照子は塩江を出発するとき、ずーっとあんた達の来るのを待っていたんです。出発の直前まで、それこそバスの出入り口を入ったり出たりして、バスが出発すると照子はポロポロと涙を流して窓の外を見て泣いていたんです。それこそずーっとずーっとバス停を見ていたんです。それは不憫で不憫で、それを思い出すだけで可哀そうで、この気持ちはあんたに分かりますか、それにあんたも、あんたのお父さんも見送りに来てくれなかったどころか、一度も手紙をくれなかった。手紙で照子の闘病中の

ことを送ったのに、それも何回も何回も、もうなん百回も書いて送ったのに」

そう言うと、養母は畳みに泣き崩れた。

泣き伏した養母の背中をなでながら養父も、声を詰まらせ、怒りを抑制《よくせい》した声で、

「この悔しい気持ちが分かるか。照子はあんた達が見舞いに来てくれる、来てくれる。きっと来てくれるとずーっと待っていたんだ。それこそ一日千秋の気持ちで毎日、毎日待っていた。それに照子はあんた、冬子ちゃんに送って欲しいといって、自分の小遣いを手紙の中に入れていたんだ。それであんたもお菓子を買って食べられただろう。照子の優しさを思うと、あんたらの薄情さはなんだ」

父は夏目家からきた手紙は、すべて竈の灰にしていた。

あの困窮の時代に、その小遣いさえあればどれだけ助かったことだろう。

照子姉の善意を踏みにじった父への怒りが再度こみ上げて来る。しかし、それ以上に照子姉のことを忘却していた自分の不徳を詫びた。

照子姉の結核菌は肺を侵し、肋骨を六本奪い最後に脊髄《せきずい》を侵略、脊髄カリエスになった。結核は戦前ならともかく現代では過去の病気になりつつある病気なのに、照

子姉は幼いときの極度な栄養失調により発病、長じてからもそれを克服するだけの体力ができなかったのだろう。過去の恵まれなかった生活のつらさに堪えながら、独り闘病と戦った照子姉の孤独を今更ながら知った。

父が照子姉の思いを阻害《そがい》し手紙を放置した、そのことを知らなかったとはいえ、手を差し延べられなかったことに深い罪悪感を覚えるのだった。

照子姉は、脊髄カリエスの痛さに普通の老若男女《ろうにゃくなんにょ》なら泣き叫ぶほどの激痛なのに我慢し一切、泣かなかったそうだ。そんな苦しい中から、

〔一度だけでいい、お父さん、剛、冬子に会いたい〕

って泣いたそうだ。

「お義母《かあ》さん、塩江から手紙はないの。そうないの。そういうと照子は、ぽつり寂しそうに笑ったわ、それからポロポロと涙を流したの。私が病室を出るとすすり泣きがきこえたの。病院に来て照子の泣いたのは後にも先にも初めてだったわ。あんな薄情なお父さんになぜ会いたいのか、私達のほうが余程大事にしているのに、そのとき肉親の情の深さを知ったわ。照子は死ぬ前にお父さん、あんたらに会いたかったんだ。もうそのとき自分の死を予感していたんだろうと思うと私、照子が不憫《ふびん》で不憫で」

その話を夏目の養母から聞いたとき、剛は再び号泣した。
〔照子姉は死ぬ前に父さん、僕らに会いたかったんだ。塩江にも一度、帰りたかったんだ。どれだけ望郷の思いが募《つの》ったろう。照子姉、ごめんなさい、ごめんなさい〕
剛は心でわびた。溢《あふ》れでる涙は止まらなかった。

十七

夏目家を自去し、国鉄吹田駅〔現ＪＲ吹田駅〕から神戸に帰る電車の車窓から見える夜景が走馬灯のように過ぎ去って行く。

夜景を眺めながら、剛は照子姉の過去を振り返った。

照子姉は結核の病魔と闘い、その半生を終えた。蝋燭《ろうそく》の短芯《たんしん》のような生涯だった。しかし照子姉は、養父母の下《もと》で慈《いつく》しまれ育てられた。それがせめてもの救いだった。

剛は一時、照子姉を羨《うらや》み嫉妬《しっと》し、その上、記憶喪失に陥ったとはいえ、照子姉、その姉、自体の存在さえも消滅させたのだ。極貧の困窮した生活だったとはいえ本当に申し訳なく思った。

照子姉は病魔と闘いながら人生を前向きに生きた。どんなに生きたかっただろう。

そして父、冬子にも会いたかっただろう。剛は、今まで生きてきた自分の半生を振り返って猛省したのだった。

冬子が死んだあとは、後追い自殺も考え世を拗《す》ね、幸福な人を羨み、自分の生い立ちの不幸ばかりを棚にあげ、その鬱憤《うっぷん》から酒に走り、人生も後ろ向きの姿勢を重ねてきた。そのことに深く恥じた。

照子姉の若くして、散花していかなければならなかった無念な人生を思えば、自分は生きている。そのことだけで儲けものじゃないか、そのことに感謝しなければならないと思った。

剛は、車窓からの過ぎ行く夜景を静かに眺めながら、いよいよ自分は天涯孤独になったのだと。しかし、妙に寂しさは感じられなかった。

過ぎ去って行く夜景が父・母・照子姉・冬子の顔に見え、皆笑っているように見えた。その笑顔がすーっと心の襞に入り温かくなっていった。

・　・　・

冬子が鬼籍の人となって十年を経た。休みの日の天気のよいときは、冬子の骨壺を窓辺に置き日光浴をさせ、好物だったあんパンをいつも供えた。

照子姉の養家・夏目家には盆、暮には出向き、郷里の塩江には毎年正月に帰省、父母の骨壺を埋葬した藪椿に墓参し、一年間の出来事を報告する。そして陰、日なたになって、いつも庇ってくれたセイ婆やんのお墓に参拝することも忘れなかった。山鹿商店によって山鹿のおばちゃんと談笑し、剛の初恋の人、山鹿佳子は高松市で幼稚園の先生になったことも知った。おばちゃんは、いつも冬ちゃんのお供えにといって冬子の好物だったあんパンを土産に持たせてくれた。冬子のことを覚えていてくれることが嬉しかった。

春夏秋冬を穏《おだ》やかに過ごし、毎々の日曜日に六甲山に登頂し、家族の名前の入った小石を常に携《たずさ》えて歩いた。小石は塩江の香東川の川原で採取した物だった。当初は、家族五人で歩いている感じで心豊かであった。しかし、数年経つと哀切なことだが、家族のことを忘れ、只、孤高で歩いていることが多くなっていった。「冬子、悪いわるい冬子のこと忘れていて、ご免な」、そんな薄情な自分がいた。

会社の給料が上がり、経済的に恵まれることによって物質的・金銭的には豊かになり、これ等の豊かさの恩恵が享受されるに従い家族のことが薄れていったことも確かであった。だが何よりも、辛く悲しかった暗い過去のことを、早く忘れたいという気持ちの表れが、大きく薄れるように作用したと思う。

不思議なことだが、冬子が亡くなった年は冬子、照子姉のことが、つい昨日のように蘇《よみがえ》り思い出す度に涙にむせんだ。三年目には時たまとなり、五年目には一度ぐらい夢に出てきて欲しいと思う程になった。あんなに辛い日々を過ごした幼い日々が懐《なつ》かしくなってくる。どんなに辛酸なことがあっても、それはいつか忘却し、愛別離苦《あいべつりく》となって行く。十年、一昔というが、どんな艱難辛苦のものでも、いつか時間が解決してくれる。刻《とき》がたてば、それは楽しい思い出となり笑って話せるようになる。

会社勤めの平穏な生活を享受しているうち、いつからか、生かされている命を絶ってはいけない。自分の身は、この世に何らかの「縁《えにし》」によって生かされている。その縁を絶ってはならないと。

自分が死ねば照子姉はともかく、両親、冬子については、誰も思い出す人はいない。皆の生かされなかった人生を生きなければならない。生ある限り精一杯生き、そしていつの日か、温かい家庭を持つことを願うようになっていった。

市井《しせい》の中で、夫婦は偕老同穴《かいろうどうけつ》し子供を慈しみ育て、貧しくても家族で寄り添い、どんな辛い悲しい困難のときでも力を合わせ励ましあう家族でありたいという夢だった。

剛の家庭では、これらが欠けていた。父の責任に負うことが大だった。父にも同情すべきこともあったかも知れない。朝鮮半島から帰国、戦後の大混乱期に遭遇、引揚者の父は、その時代の波に翻弄され呑み込まれたのだろう。そんな大混乱期にあっても大半の親は子供を必死で護って生きてきた。父は、時代の波に抗うことをせず酒に溺れた弱い男、というより子供を護れなかった情けない男であった。子は親を選べない。

これ等のことを他山の石にして、剛は自分のような者にでも結婚してくれる人がいれば、きっといい家庭をつくろう。妻を大切にし子供にはひもじい思いをさせない。子供には、自分に適わなかった大学にも行かせよう。家庭では暖かい食卓を囲んで談笑し、その日の疲れを癒す。一般的な家庭生活の生き様は知らないが、「生きる」とは家族のために身を粉にして一生懸命に働き、家族をひもじい思いをさせないことだと、つくづく思う。食べられないことほど辛く悲しいことはない。それを適えられて初めて次の段階に進められる。

剛は、同世代に育った普通の少年が夢見たような、プロ野球の選手に憧れるような夢は考えられなかった。少年時代は究極の極貧生活だった。そのため食べることのみに精神が集中しプロ野球の選手になる、そんな夢は贅沢な夢であった。これ等の夢は充分に食べられる土台があっての話である。食満ちて初めて次の世界が描かれる。

将来は、温かな家庭を持てればいいな。そんな漠然とした夢を考えながら、剛は冬子の骨壺をしみじみとながめ、

〔兄ちゃんは、父さん、母さん、照子姉、冬子、皆の分、生きるよ〕

と、無言で語りかけた。そして、

〔冬子、あの日から十年経ったよ。兄ちゃん一生懸命貯金して、墓石のお金を作ったよ。今年、塩江の藪椿の下《もと》に父さん、母さん、そして冬子のお墓を造ろう〕

そう問いかけたとき、冬子の骨壺がカサコソと微かに清浄な音をたて泣いた。

父さんの涙

順一は、塩江の桜が香東川の両岸に染まる頃が一番嫌いであった。

塩江に満開の桜が咲く頃、母は遠くにいってしまった。行き先は分からない。

満開の桜が咲いたその日、小学二年生の順一は、父と共に琴電《ことでん》塩江駅のバス停で何時間も何時間も母を待った。

「今日、母さんが帰ってくる」

そう言って父は、塩江駅のバス停に順一を連れてきた。

琴電バスが高松から来る度に順一は、母が帰ってきたと一途に思いバスに駈けよった。昼が過ぎ、晩になっても母は帰ってこなかった。高松からの最終バス便を迎えたとき、父は、母のことは言わず、

「順一、お腹空《す》いたか」

といい、バス停近くの安楽食堂でうどんを食べさせてくれた。

順一の、その遠い日の追憶は、バス停に満開の桜の花が咲いていた。腹ペコで食べ

た安楽食堂の熱いうどん。うどんの湯気が顔を覆ったとき、母はもういない。帰ってこない。幼心でもそう思った。・・・肩を震わせむせび泣きながら、鼻水と共にうどんをすすった。そんな苦くて色あせた陰影をセピア色の写真のように記憶に留めている。

〔あの日、失意の中で香東川に架かる朱《あか》い欄干の塩江橋を渡り、父と一緒に夜道をとぼとぼと歩いて帰った。霞《かす》む月あかりのなかで咲いた満開の桜は寂しさを誘い、桜を観ると、あの日の暗鬱としたことを思い出す。そんな悲しみを連想させる桜を見るのは大嫌いだった〕

昭和三十五年〔一九六〇〕順一は、塩江中学校を卒業し、集団就職で上京、東京大田区の中小企業の鉄工所に就職する。送別の日も、母と別れたときの日のように塩江駅のバス停には満開の桜が咲いていた。バス停からバスが離れるとき父が、

「順一、頑張れよ」

と、くぐもった声でいった。

順一は、いつものように、「フン」といって顔をそむけた。

父のかすれたか細い声が順一は嫌いで嫌いでしょうがなかった。その声の抑揚《イントネーション》をきくと、自分の前途が阻害され、茫洋な夜霧の中に入って行くような感じを受けるのだった。その言葉から発される声色からくる感情は、いつしか父のすべてのものに拘《かかわ》り、受け付けなくなり、父の存在自体が疎ましくなっていった。

その傾向は、小学高学年から顕著になり、多感な中学生になった頃には、父に声をかけられると、「ハアー」「フーン」と言って無視し、ソッポを向いたのだった。その別れの日も、これで父子の縁が切れるとばかり、当然のように、顎だけを軽く上下にしゃくり父の顔は一切、見なかった。

順一にも父と別れる一抹の寂しさはあった。しかしながら、それ以上に父のあの声を聞くと、母と離別した日の陰影な風景がさらに思い浮かびあがり陰鬱になるのだった。順一には、いっときも早く、あの暗い心象から解き放たれるため、この地から離れたい願望があった。そのため自分の知らない、見知らぬ遠くの街へ行き就職したいと思い、それで東京を選んだのだった。

〈塩江には、もう帰らない〉

と、そのとき心に誓った。

あの上京の日から十五年程たった。塩江の叔母〔父の妹〕が、その頃より手紙で、父が病に臥《ふ》せっていることを何度となく知らせてきたが、知らされたところで何もせず放置し、父の存在自体を無視して生きてきた。塩江には帰らない、そう決心して東京に出た。だから一度も塩江には帰省しなかった。父がどうなろうと知ったことではない、そんな故郷の因習を背負った疎《うと》ましくて鬱屈《うっくつ》したものから、いっときも早くも解き放たれたかった。それが本音であった。

塩江には、いい思いでは何もなかった。母にも捨てられた。

あの満開の桜が咲いた日、母と別れたあの日から父子で暮らした、父は慈しみ愛情を注ぎ育ててくれた。優しい父なのに、普段から父のことは何も思わず、それどころか無視しつづけた。そんな暗鬱《あんうつ》な気持ちだったことから、上京のときも父への感謝の言葉を発せず一欠《ひとか》けらほどの感謝の言葉も思い浮かばなかった。浮かべたところで感謝の気持ちも表さなかったであろう。

父を一口で言えば鈍重・無口で優しい男だった。只、優しいそれだけの人だった。そんな優しい父を早く死ねばいいと思い、天涯孤独の方が余程よいとさえ思う自分がいた。

本音でいえば不純で、その不純は母に逃げられた父の不甲斐《ふがい》なさに起因しているのかもしれないと思っていた。母に逃げられた甲斐性《かいしょう》なしの男。逃げた母よりも父の不甲斐なさに怒りが向いたのだった。そんな父を忌避《きひ》する理由から帰りたくもなかった。しかし、何度となく催促してくる叔母からの手紙に根負けし、何となく父の病気見舞いという名目で塩江に帰るはめになった。

塩江には中学校を出てから二十年ぶりの帰省だった。その日、塩江駅のバス停では満開の桜が咲いていた。満開の桜を観て、あの日の母と別れた暗景がまざまざと蘇り、帰省したことを激しく後悔したのだった。満開の桜を観て気持ちが冷えびえと広がっていき、気持ちが次第に奈落に落ち込んでいった。

父は老衰の病を押して塩江のバス停まで出迎えに来てくれていた。早く順一に会いたかったのであろう。そのとき父は六十歳だったが、メッキリ老け頭髪は白く頬は落ち窪み、齢よりもずーっと老けてみえた。八十歳ぐらいの老爺に見えたほどだった。父は順一への愁眉《しゅうび》な募る気持ちが貌《かお》に表れ媚《こ》びてみえた。しかし順一は、父親の貌を見て虫唾《むしず》が走った。そんな父の媚びるような貌が嫌いであった。逃げた母も、そんな父の媚びるような貌が嫌だったのでは、ふとそんなことを思ったのだった。

順一は自分に対する父の情愛の気持ちは手に取るように分かった。しかし、父を忌避する気持ちは変わらず、どうしても生理的に受け付けなかったのである。その忌避は、東京に行ってからの二十年間に亘っての隔たりが、さらに醸成され加味されていた。順一の複雑な心の機微は、年月からも容易に溶融されなかったのであった。

肉親の情をみせる父親の気持ちを無視し、その情愛を逆手に取り奈落のどん底に落とすように順一は、「東京に帰る」と冷たく言い放ったのである。

父は細い肩をさらに縮かめ、弱々しく肩を落とし、病の蒼《あお》い顔から寂しそうに微笑んだ。その微笑みは病を押し出し切った恕《じょ》であった。順一は父親のそんな斟酌《しんしゃく》な気持ちを知ろうとせず、またその微笑を鬱陶《うっとう》しく感じた。大人げない態度だった。

父に会った、もういいだろう。父に会っただけで、うるさい叔母からの要請には応え、義理は果たせた。直ぐにバス停から東京に帰ろうとしたが、その場に居合わせた叔母から散々に罵声を浴びせられた。

「あんたはアホか、いい年をして、お父さんになにも恩返しもせず。誰に育てられたん、麻希子さん、そっくりやな。血は争えんわ」

母の麻希子、薄情な女、その血を受け継いでいる。順一もそう思った。

年老いた父をみても肉親の情を感ぜず、直ぐ東京に帰ろうとする心情は冷淡そのものだ。叔母の小言が鼻につきうるさいので、実家に帰り一泊だけ泊ったが、父とは二、三言、申し訳ない程度に喋った。話すこと自体が面倒で邪魔くさく、相槌をうつ程度に喋っただけだった。それでも父は、懸命に何か話題を探して喋ろうとしたが、それさえも口で「チッ」と遮《さえぎ》り喋らせず無視し、そのまま床についた。

父は、そんな態度で接する順一をみて、目を落として寂しそうに微笑んだが、瞳は何か言いたげであった。父は無口で一言発するのにも間が空いた。そんなことだから母に逃げられたんだ。順一は、そんな疎《うと》ましく控えめな父が大嫌いだった。父への思いは鬱陶しいという感情だけなのだ。父への愛情は何もなかった。父は只、優しい、それだけの人と思っていた。

翌日、塩江駅のバス停まで父は病ながら見送ってくれた。老衰を押しての見送りなので再三再四、断わったが、どうしてもと言い見送りにきたのであった。順一とは、もう今生《こんじょう》では会えないという名残惜しさが父にはあったのであろう。

バスが停車場を離れようとした、そのとき父が一言、

「順一、頑張れよ」

と、くぐもったか細い声でいった。

順一は、ソッポを向いたまま無視し気《け》だるく「ああー」と生返事をし、父の顔は見なかった。また見たくもなかった。父に対する感謝も愛情、故郷についての感慨も何もなく、鬱陶しい塩江とこれで本当《しん》に別離できる。今度こそ、これでさようなら《グッドバイ》できる。気分はさばさばとしたものだった。

帰りたくもない故郷に帰ってきた、もう二度と塩江に帰ってくることはない。そんな感慨を見透かすように、別れを告げるバスの発車ベルが鳴った。発車ベルに呼応するかのように、そよ風に吹かれた桜の花びらが空に舞い飛翔した。順一は、その花びらの一弁を車窓から、何気なくふと目で追ったとき、父と目を合わせた。そのとき今にも泣き出しそうな父の潤んだ瞳から、ポロポロッと大粒の涙がこぼれた。

父の涙の残像を残してバスは発車した。

順一は、はじめて父の涙を見た。
車窓から去り行く国道193号線の桜並木を見ながら、そのとき生まれてはじめて父のことを思った。
「お父さん」

小学生のとき、母が恋しくて、布団の中で咽《むせ》んだことがあった。あんな薄情な母であったが、母を慕い幾度か布団のなかで忍び泣いた。しかし、今まで一度として父のことを不憫だと思ったことはなかった。

父は自分を男手ひとつで再婚もせずに苦労して育ててくれたが、順一は勝手に大きくなったものと思っていた。それなのに何の恩にも報《むく》いず、それどころか一度も振り向きもせず。父は、順一を十五歳で塩江から東京に送ったときも、バス停で人知れず泣いていたんだろう。今まで父を独りぼっちにさせていた。そう思うと、父が不憫であった。

〔お父さん、ごめん。母さんと別れた後、僕を慈《いつく》しんで育ててくれた。そんなお父さんを僕は、僕は本当に薄情な息子でした〕

ぽつりポツリ涙がこぼれ落ち、ズボンに沁み込んでいった。

順一は、終点の高松築港駅から、塩江行きの琴電バスで引き返し父の元に帰った。

そのとき、父はひとり寂しく夕餉《ゆうげ》を摂《と》っていた。

「お父さん」

というなり畳みに手をついた。

涙がとめどなく流れ止まらなかった。

・・・

それから順一は、一週間家にいて、塩江温泉にも親子水入らずで入湯した。

家では今後のことについて、父といろいろと話し合った。その結果は東京で生活する選択になった。父は老齢であり、そのうえ老衰であるので順一が塩江に残り、父と生活をすることも提案する。しかし、東京にいくことが父の強い要望だった。父はどうしても東京へいきたいと願ったのである。

東京では、六畳一間のアパートの生活であったが、生活は充実し、上京してからの父は病が嘘のように回復し元気になっていった。毎週日曜日は、父と共に東京の名所旧跡を無理しない程度で巡った。しかし父の一番好きだったのは、浅草の映画館で二本五百円のリバイバル映画を観ることだった。その映画の内容を寡黙な父がボソボソと嬉しそうに喋った。それらの映画で父は青春時代に還るのだろう。往年の女優、原節子、高峰秀子の映画が好きであった。

「東京物語の原節子はいいなぁ」

そんな、ほんに小さなことの幸せを語る父であったが、塩江から東京に来た一年後に心臓発作を起こして鬼籍の人になった。東京の刺激からくる毒気に当たったのだろうか。あれよあれよという間に父は天国に昇って逝った。

父には孝行という孝行もせず、長くほったらかしにした。しかし、この父と暮らした一年は凝縮し、エアーポケットのなかの小春日のような安穏な日々だった。このとき少しは親孝行が出来たかなと思っている。この一年は本当に楽しかった。父にも恩《おん》沢《たく》の茶飲み友達ができ、父の死亡を知らせるとその女《ひと》は泣いてくれた。父の死に泣いてくれる異性の友がいたことが嬉しかった。寂しい通夜であったが、このことがせめてもの光であった。
父を荼毘にふし、あと片づけしていたところ茶箪笥《たんす》から茶封筒が出てきた。生前に書いたものであろう。中に入っていた手紙を読むと、遺骨は塩江に葬って欲しいと書かれていた。
〔お父さんは東京での暮らしを楽しそうにしていたが、塩江に帰りたかったのだろう。お父さんの強い希望とはいえ、病を押して東京に連れてきた。本当に申し訳ないお父さん。しかし、お父さん塩江のどこが良いんだ。塩江には何も良いことがなかったじゃないか。母さんには逃げられ、男手一つで苦労して僕を育て、お父さんの苦労を知りながら、僕はお父さんを見捨て、僕は逃げ出すようにして塩江を捨て東京に出たんだ。僕は薄情で冷淡な男だった。お父さんは、塩江に帰りたいって、塩江には何があるんだ〕
順一は、そんな混迷な気持ちを抱いて、父の遺骨を埋葬するため塩江に帰った。

「道の駅塩江」駅近くの国道193号線沿いの脇道に入った場所にある墓地に、父の遺言どおり埋葬するため足を運んだ。父の望んだのは山あいの静かな環境の墓地だった。

墓石の前で静かに眼を閉じ手を合わせ、父の冥福を祈った。父は順一が無視し、我がまま放題しても決して怒ることなく見守ってくれた。本当に慈しみ深く優しい父だった。

在りし日の父を偲ぶと、走馬灯のように父の優しい面影が浮かんでは消えて行く。

山陰からのどかにメジロ、鶯《うぐいす》の鳴き声が聴こえてくる。静かに父の冥福を祈り想い出に浸りながら、その鳴き声に聴き入ってると、その鳴き声がいつしか父の懐かしいか細い声と重なりあって、

「順一、頑張れよ」

と、響奏したように聴こえてくる。

「お父さん」

順一は思わず眼を開け、父の声がした墓地周辺を見廻した。そのとき墓地を囲む満開の桜が一斉に眼に飛び込んできた。なんと麗しく美しい桜美林、別乾坤《べつけんこん》の世界だ。

桜が微笑んでいる。桜ってこんなに清楚《せいそ》で綺麗なんだ。

順一が今まで観てきた桜は、とても色あせた寂しい桜だった。

塩江の桜ってこんなに綺麗だったんだ。父も満開の桜が山並みを覆《おお》う塩江が大好きだったんだ。

〔お父さん、お父さんは僕に、この桜を見せたかったんですね。母さんと別れたときに見た寂しい桜を払拭させるために。お父さん目から鱗《うろこ》が落ちました。お父さんありがとう。今日この日、桜を見なければ、桜を美しいとは思わず、寂しい桜しか思い出せない僕でした。僕、お父さんを寂しがらせないよう満開の桜の咲く頃、塩江に帰省します。これからも一緒です。お墓参りしか出来ませんが、お父さん親孝行させてください。お父さんの面影はずーっとずーっとこの胸の中に生きています〕

順一の心に温かな桜美林が広がっていった。

桜美林の中に父の優しい笑顔があった。父は微笑みながら・・・順一、頑張れよ・・・

「お父さん」

涙が一筋ツーと頬を伝った。

桜花を祝福するようにメジロ、鶯がいつまでも桜美林の中でさえずっていた。

塩江町への誘い

塩江を出て、故郷を懐かしがる方、忌避する方、様々な方を取材させて頂きました。

取材に応じてくださった皆さまには厚くお礼申し上げます。

筆者は塩江出身者の艱難辛苦な人生を取材中、幾度か目頭が熱くなりました。

この物語の昭和二十、三十年〔一九四五～五五〕時代は日本全体が貧しく、塩江も例外ではありません。これ等、時代のことを後世の人に知ってもらいたくフィクションとして記したものであります。

この物語の巻頭文を書いてくださいました高松塩江ふるさと会の池田克彦会長さま、表紙絵を描いてくださいました大西幸恵さま、そして筆者を励まし温かくご指導してくださいました美巧社の田中一博部長さまに厚くお礼申し上げます。ありがとうございました。

最後になりますが、塩江町への誘いのご案内をいたします。

塩江町は讃岐山脈の中央部に位置するひなびた山峡の温泉町です。塩江温泉は県内では最古で一三〇〇年の歴史があり、四国では松山市の道後温泉に次いで二番目に古く、炭酸泉でお肌がつるつるで綺麗になる温泉です。

塩江町にくる交通は、四国の表玄関、ＪＲ高松駅・高松自動車道高松ＩＣとＪＲ徳島本線穴吹駅・徳島自動車道脇町ＩＣの中間点に位置し、国道１９３号線が両所の南北をつないでいます。一本道なので道に迷うことはありません。

両所の中間地点に塩江町で一番賑《にぎ》やかな「道の駅塩江」・塩江温泉があり、両所から約二十四キロメートル、車だと約三十分です。また高松よりの国道１９３号線沿いに高松空港があり、「道の駅塩江」まで約八キロメートル、車で十分程度です。

塩江町は県内では美人の町としても有名です。

著者紹介

島上《しまのかみ》　亘司《ひろし》

昭和22年〔1947〕 香川県高松市塩江町生まれ

塩江町を勝手に応援する観光小使《しょうし》

塩江町を愛する人、藤澤保氏、塩江町で初めて流行歌手になった

和泉幸弘氏の友情を得て執筆を決意

「塩江物語」で塩江町の伝説、伝記等を執筆中

塩江物語　第１話「大蛇」 平成26年〔2014〕発行

塩江物語 第二話「生きる」

平成二十七年五月五日　初版発行

著　者　島上　亘司

発行所　株式会社　美巧社

〒七六〇―〇〇六三

香川県高松市多賀町一丁目八―十

ＴＥＬ〇八七―八三三―五八一一

ＦＡＸ〇八七―八三五―七五七〇

印刷・製本　㈱美巧社

ISBN978－4－86387－060－4　C0023